KB260173

와글와글 꼬꼬랑

쓱싹쓱싹 엄마를 도와요

가로쿠 공방 글·그림 | 김난주 옮김

꿈소담이

늘 기운찬 꼬꼬맘.
그런데 오늘은 좀 피곤한가 봐요.
"엄마, 잠깐만 쉴게."
그렇게 말하면서 꼬꼬맘은 이부자리에 누웠어요.
"엄마, 괜찮아?"
걱정스러운 병아리들은 또 우와좌왕 허둥지둥.

가면라이더 카드
라이더 맨
라이더 링
복숭아
굴
포항초 시금치
감기약
야옹레블
열·기침·목
어치어치! 오리
육아일기

"엄마가 잠들었네."
"잠시라도 쉬게 해 드리자."
병아리들은 살금살금 방에서 나왔어요.

"어, 여기 빨래가 있네."

"엄마 대신 우리가 널자."
병아리들은 빨래를 밖에 내다 널었어요.

"청소도 하자."
"엄마가 좋아할까?"
"그럼, 틀림없이 좋아할 거야."

병아리들은
꼬꼬맘이 날마다 하는
집안일을 떠올리면서
팔을 걷어붙였어요.

그런데……,
저런 저런

"설거지는 할 수 있을까?"

"세제는
얼마나 넣어야 하지?"

그런데……,
저런 저런.

그때였어요.
"앗, 비다!"
"빨래가 다 젖겠어."
병아리들은 얼른 뛰어나갔어요.

"으악!
날아가겠어!"

빨래도 병아리들도
비에 푹 젖었어요.
"아아, 걱정거리만
더 생긴 것 같아."
병아리들은 풀이 폭 죽어
집으로 들어왔어요.
그런데, 그 때.

번쩍!
구르르르쾅!

"꺄악!"
"엄마야!"
커다란 천둥소리에 놀란 병아리들이
꼬꼬맘의 이불 속으로 쪼르르르 파고들었어요.

그리고 깨어나 보니
사방이 환했어요.
병아리들이 자기도 모르게
곤한 잠에 빠졌던 거예요.
“어, 엄마가 없네.”
“어디 간 거지?”
병아리들이 허둥지둥 꼬꼬맘을 찾기 시작했어요.

"아, 엄마다!"

"우와! 엄마!"
병아리들이 꼬꼬맘을 향해 달려 나갔어요.

그러다 너무 허둥거린 바람에 이리 데굴, 저리 데굴,
흙투성이가 되고 말았어요.
"얘들아, 고마웠어.
엄마가 이제 기운이 쑥쑥 나는 것 같아."
병아리들은 반가워서 너도 나도
엄마 품에 안겼어요.

그런데 꼬꼬맘,
빨랫감이 더 늘어났군요.